Bevor *Andreas Schlüter* mit dem Schreiben von Kinder- und Jugendbüchern begann, leitete er Kinder- und Jugendgruppen und arbeitete als Journalist und Redakteur.

Irene Margil ist gelernte Fotografin, arbeitete mehrere Jahre in der Sat1-Fußballredaktion ›ran‹ und ist ausgebildete Lauftherapeutin.

Gemeinsam sind sie seit vielen Jahren ein eingespieltes Team und haben bereits viele sehr erfolgreiche Fußballbücher für Kinder geschrieben.

Weitere Informationen zum Kinder- und Jugendbuchprogramm der S. Fischer Verlage finden Sie unter *www.fischerverlage.de*

FUSSBALL HAIE

Ein Team startet durch

GESCHRIEBEN VON
ANDREAS SCHLÜTER
UND IRENE MARGIL

MIT BILDERN
VON
MICHAEL VOGT

FISCHER Taschenbuch

Liebe Leser,
diese Geschichte ist frei erfunden.
Nichts davon ist wirklich passiert.

Wir danken Zeljko Ristic, ehemaliger Jugendtrainer bei Hertha BSC
und heute Streetworker, für seine fachliche Beratung.
Er gehört in Berlin zu einem Organisations-Team,
das regelmäßig Straßenfußball-Touren veranstaltet.

Dieser Titel ist auch als Hörbuch im Handel erhältlich.
Die Serie ist bei Antolin gelistet.

MIX
Papier aus verantwortungsvollen Quellen
FSC® C014496

Erschienen bei FISCHER Kinder- und Jugendtaschenbuch
Frankfurt am Main, September 2022

Satz: pagina GmbH, Tübingen
Druck und Bindung: GGP Media GmbH, Pößneck
Printed in Germany
ISBN 978-3-596-81302-5

INHALT

Kapitel 1

Neu in der Stadt 8

Kapitel 2

Die Lüge 21

Kapitel 3

Trainer gesucht! 35

Kapitel 4

Vertrauenssachen 52

Kapitel 5

Trainer gefunden? 68

Anhang

Leserätsel 84

Wie würdest du entscheiden? 86

Das kleine Fußball-Lexikon 87

Stelle deine Traummannschaft auf! 92

Meine Traummannschaft 93

TOR
W

GO!
HAIE SIND

Kapitel 1

NEU IN DER STADT

„Waaas? Was hast du gesagt?“, brüllte Pedro rüber zu Max. Ein starker Regenschauer ging gerade auf dem ‚Sparri‘, ihrem Bolzplatz, nieder und übertönte jedes Geräusch wie eine zu stark aufgedrehte Dusche. Innerhalb von Sekunden hatten sich die einzelnen Tröpfchen zu einem satten Unwetter entwickelt.

„Ich geh nach Hause!“, wiederholte Max. Er zog sein Käppi tiefer ins Gesicht und spreizte die nassen Arme vom Körper wie ein Westernheld kurz vor dem Duell.

„Wieso das denn?“, moserte Pedro. „Das ist doch nur ein Schauer!“

Max hob leicht den Kopf, senkte ihn aber

gleich wieder, um sich nicht auch noch das Gesicht nass regnen zu lassen.

„Ein Schauer? Der Himmel ist pechschwarz! Mir reicht's, Mann! Wir sind doch hier nicht beim Wasserball!“ Max hielt sonst nichts vom Spielen ab, er nutzte jede freie Sekunde und jeden Ort, um seine Tricks zu üben. Aber das hier war einfach zu viel. Statt Balltechnik zu trainieren, platschte er durch die Pfützen bis zur Treppe an der Ecke des Spielfeldes.

„Ein Hai lässt sich doch nicht vom Wasser vertreiben!“, rief Pedro ihm hinterher.

„Ich schon!“, rief Max zurück.

„Und mit wem soll ich jetzt spielen?“, fragte Pedro. „Da hinten wird es doch schon wieder hell!“

Max zuckte mit den Schultern und winkte zum Abschied.

Eigentlich waren die Bedingungen auf ihrem Bolzplatz so gut wie sonst nie. Bei Regen konnten sie hier nämlich ungestört spielen. Die Knödel, wie sie die älteren Jungs wegen ihrer muskelbepackten Beine nannten, tauchten seit Tagen wegen des miesen Wetters nicht auf dem Sparri auf. Die hockten lieber im Fitnessstudio oder hingen sonst irgendwo im Trockenen rum. Endlich waren also mal keine großkotzigen Angeber auf dem Platz. Weit und breit kein Ulf, der über alles bestimmte. Kein Porky, der Ulf wie ein Schatten folgte und jeden blöden Spruch nachplapperte. Also eigentlich optimale Voraussetzungen. Zugegeben, der Platzregen war ein bisschen heftig, aber Pedro war fest davon überzeugt, dass er gleich vorüber sein würde. Jedenfalls war er noch lange kein Grund, sich wie die Knödel wasserscheu in die Hosen zu machen.

Pedro wischte sich mit dem Ärmel das Gesicht trocken. Wie ein begossener Pudel stand er nun mutterseelenallein auf dem Platz.

SPORT

Mit jedem neuen Regentag waren weitere Fußball-Haie weggeblieben.

Mehmet hatte, kurz bevor er verschwand, nur noch auf sein Smartphone gestarrt und ihnen alle paar Sekunden die neuesten Wettervorhersagen durchgegeben.

Uhuru und Dimitri trainierten ersatzweise Tischfußball im Multicafé.

Die Zwillinge Tim und Tom scheuten Wasser noch mehr als jede Katze.

Und Zachi, ihr Torhüter, hatte Pedro am meisten überrascht. „Mir geht dasch Wetter echt auf den Kekschǃ", hatte er sich als Erster schon am zweiten Regentag verabschiedet. Die feinen Spucketropfen, die er dabei wegen seiner Zahnspange versprühte, fielen im Regen gar nicht auf.

Und nun war sogar Max geflüchtet!

Das waren sie: Pedros Mannschaft, die er sich zusammengestellt hatte, um mit ihr eines

Tages in der Bundesliga zu spielen. Obwohl feste Mannschaften im Straßenfußball meistens nur bei Turnieren spielten, waren Pedro und seine Freunde überzeugt, ihr Ziel eines Tages zu erreichen. Um allen zu zeigen, dass sie dafür auch den nötigen Biss besaßen, hatten sie sich ‚Fußball-Haie' getauft. Außerhalb ihrer Straßenmannschaft spielten sie noch in verschiedenen richtigen Fußballvereinen, abgesehen von Dimitri und Uhuru, die zwei reine Straßenkicker waren.

Plötzlich bemerkte Pedro einen Jungen hinter dem Gitter, der dort stand und ihn beobachtete. Er war ungefähr in Pedros Alter und hatte auch in etwa die gleiche Größe. Kleine Rinnsale strömten von seiner roten Kapuzen-Regenjacke auf seine braunen nackten Beine. Dazu trug er eine klitschnasse Umhängetasche.

Zumindest schien ihm Regen nichts auszumachen, dachte Pedro. Das war schon mal gut.

„Hey!“, rief er dem Jungen zu. „Wieso kommst du nicht auf den Platz?“

Der Junge rührte sich nicht.

„Komm doch und lass uns spielen!“, wiederholte Pedro und machte eine einladende Armbewegung.

Der Junge tippte mit dem Zeigefinger auf seine Brust.

„Ja, du! Hier ist doch sonst niemand!“, rief Pedro. „Bist du neu? Ich hab dich hier noch nie gesehen.“

Der Junge schwieg.

„Spielen wir?“ Pedro winkte ihn zu sich.

Tatsächlich ließ der Regen jetzt nach. Trotzdem trieften beide nur so vor Nässe. Aber der Junge ließ sich von Wasser ebenso wenig vertreiben wie Pedro. Er ging wortlos am Zaun entlang zur Ecke und stieg die Treppe hinunter auf den Platz. Pedro spielte ihm den Ball zu und stutzte, als er die Schuhsohlen des Jungen sah.

Sie waren kurz davor, sich komplett abzulösen. Der Junge schob seine Umhängetasche auf den Rücken. Bestimmt hatte er eigentlich einkaufen gehen müssen und gar keine Zeit zum Fußball spielen, dachte Pedro. Es sprach für den Jungen, dass er sich auch darum nicht scherte, sondern lieber den Ball annahm, ihn sich vorlegte und nun raketenartig zum anderen Ende des Platzes dribbelte. Dort lief er einmal um das Tor herum und dann wieselflink zurück zu Pedro. Die Tasche schlackerte bei jedem Schritt.

Pedro rannte auf ihn zu und versuchte, ihm den Ball abzuknöpfen. Vergeblich.

Jedes Mal, wenn er ganz dicht an ihm dran war, legte der Junge einen Sprint ein, mit dem er Pedro locker abschüttelte. Auch technisch hatte er einiges auf dem Kasten. Als Pedro vor ihm sein Bein ausfuhr, um einen Torschuss zu verhindern, klemmte der Junge sich den Ball zwischen die Füße und ließ ihn mit der Hacke im hohen Bogen über sich selbst und Pedro fliegen, sprang dann über Pedros ausgestrecktes Bein und donnerte den Ball volley ins Tor.

„Wahnsinn!“, lobte Pedro. „Hast du Düsenantrieb unter den Füßen, oder was?“

Der Junge lachte, lief sofort wieder los und schloss mit einem gekonnten Torschuss ab.

„Hey! Warte mal!“, rief Pedro ihm zu.

„Quieres un descanso?“, fragte der Junge und setzte einen Fuß auf den Ball. Endlich dämmerte es Pedro, dass der Junge einfach nur kein Deutsch verstand und deshalb anfangs so seltsam reagiert hatte.

„Una pausa?“, fragte der Junge.

„Nix Pause!“, erläuterte Pedro. „Aber wenn du ein Tor machst, will ich danach den Ball!“

„Qué?“, fragte der Junge.

Pedro, dessen Vater und Großvater Brasilianer waren, wiederholte seine Erklärung auf Portugiesisch, da sich beide Sprachen ähnelten.

Der Junge verstand nun und schob Pedro den Ball zu. Pedro stoppte ihn.

„Ich bin Pedro, und du?“, stellte er sich vor, als plötzlich ein lautes Donnern zu hören war.

„Tu nombre es Pedro?“, fragte der Junge gegen das Grollen an.

Pedro nickte.

„Soy Juan!“, sagte der Junge. „Soy de Valencia.“

Pedro sah über sich in die dichte schwarze Wolkendecke. Im gleichen Moment erhellte ein Blitz den Sparri. Nur wenige Sekunden danach donnerte es wieder.

„Tormenta!“, sagte der Junge und sah ebenfalls zum Himmel.

Pedro nickte ihm zu. Ja, bei Gewitter mussten sie ihr Spiel leider beenden. Zu gefährlich. Vor allem bei den vielen hohen Bäumen rund um den Platz.

Aber so einen wie Juan brauchten sie!

Einen Spieler, der ihn trotz Umhängetasche beim Dribbling abhängte, konnte er auf keinen Fall einfach gehen lassen. Einen, dem Regen nichts ausmachte und der sich erst von Blitz und Donner vergraulen ließ, musste er einfach fragen, ob er bei den Fußball-Haien mitspielen wollte. Der ‚Dönerhimmel', so hieß der Imbiss von Mehmets Vater, war nur zwei Straßen entfernt. Dort konnten sie erst mal Unterschlupf finden. Vielleicht trafen sie dort auch ihren Abwehrspezialisten Mehmet und dessen Mutter. Sie war zwar Dänin, aber Mehmet hatte mal erwähnt, dass sie auch Spanisch konnte. Vielleicht half sie ihm, Juan zu fragen? Das würde besser gehen als mit seinem Portugiesisch.

„Los, wir müssen hier weg!", sagte Pedro, wiederholte es auf Portugiesisch und zog Juan an seiner Tasche in Richtung ‚Dönerhimmel'.

Juan verstand nicht und ging deshalb in die

entgegengesetzte Richtung. Der Umhängeriemen riss ab, und die Tasche rutschte Juan von der Schulter. Pedro hielt nun den abgerissenen Riemen mit der baumelnden Tasche in der Hand.

Juan sah sich um und bemerkte erst jetzt, was passiert war. Er ging sofort wutschnaubend auf Pedro los, drohte mit der geballten Faust und riss die Tasche wieder an sich. Dann rannte er einfach davon.

Pedro sah ihm verdattert hinterher. Er hatte überhaupt keine Gelegenheit gehabt, das Missgeschick zu erklären oder sich zu entschuldigen. Was war denn nur plötzlich in Juan gefahren?

Inzwischen hing das Gewitter direkt über dem Sparrplatz.

Pedro fror, als er nach Hause ging. Er hoffte, dass er Juan bald wiedertreffen würde, um die Sache zu klären. Und ihn als Spieler für die Haie zu gewinnen.

Kapitel 2

DIE LÜGE

Endlich! Am nächsten Morgen schien wieder die Sonne. Das passte perfekt, denn es war Samstag, also schulfrei. Mit dem Ball unter dem Arm lief Pedro auf den Sparri und staunte. Auf dem Platz spielten bereits Max, Dimitri, Zachi und Mehmet. Auch Tim und Tom waren schon da. Nur Uhuru fehlte noch.

Super!, freute sich Pedro. Je früher sie spielten, desto mehr Zeit blieb ihnen, bis die Knödel kamen, denn samstags tauchten Ulf und die anderen auch schon vormittags auf.

Nachdem er alle begrüßt hatte, erzählte Pedro von der Begegnung mit Juan, dem spanischen Wiesel, der selbst mit Umhängetasche noch besser spielte als viele andere in Sportsachen. Die Geschichte mit dem abgerissenen Riemen verschwieg Pedro aber lieber. „Habt ihr den schon mal irgendwo gesehen?“, fragte er in die Runde.

„Alter, das kann nur der Verrückte sein, der letzte Woche mit seinem Vater bei uns Pommes gegessen hat. Ihr hättet den mal erleben sollen, als er ein Sammelbild aus einem Päckchen geholt hat. Der hat es hundertmal abgeknutscht und damit in der Luft rumgewedelt. Dann hat er jedem das Bild von Lionel Messi gezeigt!“

„Klare Sache! Der hat das letzte fehlende Bild für sein Album erwischt!“, vermutete Dimitri mit leuchtenden Augen. Das war ihm selbst bisher noch nie gelungen. In seinem Sammelbuch klafften immer noch große Lücken.

„Kann sein!“, stimmte Mehmet ihm zu. „Und dann hat er das Ding so feierlich eingeklebt, als ob es seine persönliche Fußballer-des-Jahres-

Urkunde wäre. Danach hat er das Album ganz sorgfältig in die Tasche zurückgesteckt. Eine Tasche mit Zahlenschloss! Ich glaub's nicht, Alter!" Mehmet klopfte sich breit grinsend auf den Oberschenkel.

„Mit Tschahlenschlosch?", sagte Zachi lachend. „Würde mich nich wundern, wenn der demnäscht 'nen Tschehf mitschleppt."

„Einen was?", fragte Dimitri nach.

„Einen Tschehf", wiederholte Zachi. „Einen Treschor!"

„Er meint einen Safe!", verstand Max nun und schlug sich lachend gegen die Stirn. „O Mann, Zachi. Sieh mal zu, dass du deine Zahnklammer endlich loswirst!"

Alle grölten bei der Vorstellung, dass dieser Juan einen ganzen Tresor hinter sich herzog, damit ihm keiner sein Sammelalbum klauen konnte.

Nur Pedro nicht. Der begriff nun, weshalb

Juan so wütend geworden war, als er ihm versehentlich den Riemen von der Tasche gerissen hatte.

„Fangen wir jetzt vielleicht mal an?“, drängelte Max. „Drei gegen drei auf ein Tor!“

Die Jungs verteilten sich auf dem Platz.

„Weißt du, wo der Junge wohnt?“, fragte Pedro, als er zu Mehmet passte.

„Keine Ahnung!“, antwortete Mehmet und spielte den Ball zurück.

Pedro stoppte ihn. „Also, Augen auf, Leute! Wenn wir diesen Juan sehen, dann fragen wir ihn, ob er bei uns mitmachen will. Okay? Bevor er noch zu den Knödeln geht! Der ist nämlich echt gut!“

„Schade, dasch ich ihn verpascht habe“, sagte Zachi und klopfte mit der Faust im Handschuh gegen den linken Torpfosten.

„Weiter jetzt!“, rief Max und spitzelte Pedro den Ball unterm Fuß weg.

Dann ging es endlich richtig los. Die Jungs lieferten sich harte Zweikämpfe. So hätte Pedro es sich auch in den letzten Tagen gewünscht. Mit schnellem Kurzpass-Spiel versuchten sie, sich gegenseitig auszutricksen. Aber weil jeder wusste, wie der andere täuschte, welchen Laufweg er hatte und was bestimmte Kommandos bedeuteten, kam die jeweils angreifende Mannschaft nur schwer zu Torschüssen. Für Zachi gab es daher kaum etwas zu tun.

Frustriert über den eintönigen Spielverlauf stoppte Dimitri den Ball plötzlich und drosch ihn an den Zaun.

„Wisst ihr was, Leute? Wir brauchen keinen neuen Spieler, wir bräuchten viel eher einen Trainer, um mal etwas Neues zu lernen!“, rief er den anderen zu.

Genau das hatte Pedro in letzter Zeit auch schon öfter gedacht.

Doch Mehmet protestierte sofort.

„Unsinn, Alter! Trainer gibt's in Vereinen! Die kommen dann gleich mit Gymnastik und Konditionstraining. Wir sind Straßenkicker! Ich will einfach bloß spielen. Ohne Taktik und so'n Kram!"

„Ein bisschen Taktik kann doch aber nicht schaden", wandte Tim ein.

„Ich fände einen Trainer auch toll!", stimmte ihm sein Zwillingsbruder Tom zu.

„Wir brauchen einfach nur mal wieder Spiele gegen starke, unbekannte Gegner! Dann verbessern wir uns automatisch", behauptete Mehmet.

„Okay! Dann lasst uns doch endlich mal wieder gegen andere spielen", schlug Dimitri vor.

„Da kommt Uhuru", unterbrach Tom die Diskussion.

„Ein Trainer gibt uns auch feste Trainingszeiten vor, da kann Uhuru dann nicht einfach kommen, wann es ihm gerade in den Kram passt. Eine Mannschaft muss auch als Mannschaft trainieren!“, bemerkte Dimitri leise.

„Hallo Jungs, was ist los, was glotzt ihr so?“, fragte Uhuru, nachdem er sein Rad angeschlossen hatte und auf den Platz kam.

„Wie siehst du denn aus? Schon ein Rennen gefahren?“, fragte Pedro.

„Nee, ich hab mal wieder ’ne Runde mit den alten Kumpels gespielt! Die haben sich mit einigen Neuen super verstärkt“, erzählte Uhuru und wischte sich den Schweiß auf der Stirn mit dem Unterarm weg.

„Auf dem Savigny?“, fragte Pedro.

Uhuru wohnte wie Dimitri etwas näher am Savigny-Platz als am Sparrplatz. Trotzdem hatte er sich gemeinsam mit Dimitri für die Fußball-Haie entschieden. Das jedenfalls hatte Pedro bis zu diesem Moment geglaubt. Was suchte er also auf dem Savigny?

„Willst du etwa wieder zu denen zurück?“, fragte Tim nach und verzog die Augenbrauen zu einem düsteren Blick.

Die gleiche Frage hatte sich auch Pedro gerade gestellt.

„Quatsch!“, beteuerte Uhuru. „Ich wollte einfach mal wieder gegen andere Gegner spielen. Weiter nichts!“

Pedro und Dimitri sahen sich vielsagend an. Genau darüber hatten sie ja gerade gesprochen.

„Weiter nichts, Alter?“, brauste Mehmet auf. „Uns im Stich lassen und mit anderen spielen! Was soll das denn?“

Uhuru breitete die Arme aus und schüttelte den Kopf. „Warum gleich so ein Alarm?“, fragte er unschuldig. „Nur weil ich mal ein Stündchen mit anderen spielen will?“

„Weil wir eine Mannschaft sind!“, stellte Pedro klar. „Die Fußball-Haie. Entweder du gehörst dazu oder nicht.“

SPORTS

„Klar gehöre ich dazu. Was denkt ihr denn?“, beteuerte Uhuru. „Alles paletti? Spielen wir endlich?“

„Wir spielen schon die ganze Zeit, du Kasper!“, tönte Tom. „Also los! Zachi fängt schon an, im Tor zu frieren!“

Er legte Uhuru den Ball vor, der ihn direkt nahm und Zachi einen auf den Kasten knallte.

Zachi flog in die Ecke und faustete den Ball zur Seite.

„Jetzt geht's looooos!“, brüllte Max vor Vergnügen und sauste dem Ball hinterher. Dicht gefolgt von Tim, der ihn vorher erreichen wollte.

Dimitri hatte recht, überlegte Pedro. Sie brauchten einen Trainer. Gedankenverloren spielte Pedro nur halbherzig mit und verschlief deswegen den Pass von Max.

„Mann, was ist denn los?“, schimpfte Max und holte sich den Ball zurück, der an Pedro vorbeigetrudelt war.

Pedro rüttelte sich selbst aus seinen Gedanken und wollte sich gerade entschuldigen, als auch schon die nächste Ablenkung auf den Platz gestampft kam.

Ulf und Porky waren im Anmarsch. Wo die beiden Knödel auftauchten, würde der Rest auch bald nachkommen. Was Pedro aber wirklich die Sprache verschlug, war etwas ganz anderes.

„Na, den brauchen wir nicht mehr zu fragen!", murmelte Dimitri und zupfte Pedro am Trikot. „Den haben die sich wohl schon gekrallt."

Pedro traute seinen Augen nicht. In der Mitte zwischen Ulf und Porky ging Juan, der gerade mit dem Finger auf ihn zeigte!

Ulf baute sich so vor Pedro auf, dass Juan hinter seinem Rücken kaum noch zu sehen war.

„Du hast also versucht, Juan die Tasche zu klauen!"

Ulf sah Pedro vorwurfsvoll an.

Niemand sagte etwas.

Pedro kräuselte die Stirn und hatte keine Ahnung, wovon Ulf sprach.

„Hä?", brachte er nur heraus. „Wie kommst du denn darauf?"

„Juan hat das bei den Konfettis erzählt", berichtete Ulf. „Zum Glück waren wir gerade da. Also, was hast du dazu zu sagen?"

„Das glaubst du doch selbst nicht!", erwiderte Pedro.

Das Büro der sogenannten Konflikt-Agentur – die Mitarbeiter wurden wegen ihrer vielen Nachbarschaftsfeste von allen bloß ‚Konfettis' genannt – lag direkt an dem kleinen Park, in dem der Sparri lag. Wie kam Juan dazu, ihn bei den Sozialarbeitern anzuschwärzen?

Pedro schob Ulf beiseite und stellte sich direkt vor Juan. Überrascht von Pedros Aktion wehrte Ulf sich nicht mal, sondern schaute nur verblüfft zu.

Pedro sah Juan direkt in die Augen und sagte

jedes Wort ganz langsam zuerst auf Deutsch und dann auf Portugiesisch, wobei er auf Juans Tasche zeigte und entschlossen den Kopf schüttelte.

„Ich wollte dir deine Tasche nicht wegnehmen! Sie ist kaputtgegangen, als ich dir den ‚Dönerhimmel' zeigen wollte. Das tut mir leid."

Er reichte Juan die Hand.

Juan zögerte und fixierte Pedros Hand mit unschlüssigem Blick.

Bevor er sich entscheiden konnte, ging Ulf dazwischen.

„Was soll das denn? So leicht kommst du nicht aus der Nummer raus!"

Dann wandte er sich an Juan, wobei er aber auf Pedro zeigte: „Er Dieb!"

Kapitel 3

TRAINER GESUCHT!

„Ich bin überhaupt kein Dieb, du Spinner!“, wehrte sich Pedro.

Inzwischen waren zwei weitere von den Knödeln dazugekommen.

Die beiden Gruppen standen sich nun gegenüber wie Mannschaften beim American Football. Links die Knödel, rechts die Haie. In der Mitte Juan und Pedro. Und zwischen den beiden Ulf. Von außen wirkte es, als wollten die beiden Gruppen jeden Moment aufeinander losgehen.

„Gibt's ein Problem?“, fragte da plötzlich eine tiefe Stimme.

Niemand hatte den Mann kommen sehen, der mit einem Mal neben ihnen stand.

Er war groß, schlank, hatte lange schwarze Rastalocken und trug eine Sonnenbrille, ein knallbuntes Hemd sowie Bermudashorts. Der Typ wirkte wie aus einer Werbung für Eiscreme an einem Karibikstrand.

„Wer sind Sie denn?“, blaffte Ulf den Mann an. „Das regeln wir hier gut alleine!“

„Ach ja?“, entgegnete der Mann. „Ihr seht aber gar nicht so aus. Also, wir Strandfußballer regeln das so. Wir geben uns die Hände, erst innen, dann außen, dann über Kreuz, dann drehen wir uns und klatschen miteinander ab. Erst zweimal mit ausgebreiteten Armen, dann zweimal mit angewinkelten Armen vor der Brust, dann zweimal über Kreuz. Und fertig ist die Sache!“ Der Mann hatte die Bewegungen so geschickt ausgeführt, als könnte er die Reihenfolge auch im Schlaf einhalten.

Juan lächelte. Ihm hatte dieses Abklatschen offenbar gefallen.

Pedro schmunzelte in Juans Richtung.

„Was ist das denn für ein Scheiß?", blaffte Ulf wieder los. „Sind wir hier im Kindergarten?"

Der Mann blieb allerdings cool und ließ sich nicht auf Ulfs Pöbelei ein.

„Ich denke, die beiden haben ein Problem, und das können sie auch ohne deine Hilfe lösen", sagte er zu Ulf. Er zeigte auf die beiden, während er Ulf ein paar Schritte zurückschob. Ulf traute sich nicht, Widerstand zu leisten. Der Mann war zwar dünn und schlaksig, aber sehr groß, und er schien auch gut durchtrainiert zu sein. Dann wandte der Mann Ulf den Rücken zu und schaute Juan und Pedro an.

„Also?"

Er wiederholte seine Bewegungen sehr langsam. Nachdem er die beiden mit einem Kopfnicken ermuntert hatte, machten Juan und Pedro es langsam nach. Drei Versuche brauchten sie, um den Bewegungsablauf richtig hinzubekommen, ohne sich zu verheddern. Beim vierten Mal gaben sie sich lachend die Hände.

Juan hatte Pedro verziehen.

„Schon tausendmal gemacht!“, rief der Mann und klatschte anerkennend Beifall. Die anderen Haie schlossen sich dem Applaus an. „Und tausendmal hat es schon geklappt.“

Die Knödel starrten ihn an, als wäre er wie ein Flaschengeist auf dem Sparri erschienen und würde sich gleich wieder in Luft auflösen.

„Wir gehen! Los Jungs!“, rief Ulf sein Gefolge zusammen und verließ den Platz. Im Gehen drehte er sich noch einmal zu Juan um, spuckte in seine Richtung und zischte: „Wenn du nicht zu uns gehören willst, wirst du schon sehen, was du davon hast!“

Juan schaute den Knödeln hinterher und fragte dann Pedro auf Spanisch, was Ulf gesagt habe.

Pedro verstand die Frage und winkte lächelnd ab: „Wie immer, nur Müll!“

Juan zuckte mit den Schultern. Auch das hatte er nicht verstanden, aber das machte wohl nichts.

Wichtiger war, dass die Haie ihm applaudiert hatten und Pedro ihn nun fragte, ob er nicht bei ihnen mitmachen wollte. Er wiederholte die Frage auf Portugiesisch.

Um aber ganz sicherzugehen, übersetzte der Mann Pedros Frage sogar auf Spanisch.

Juan strahlte und sagte zu.

Die Haie jubelten. Sie hatten damit einen neuen, hoch talentierten Spieler. Gleichzeitig staunten aber alle wieder über den Mann.

„Sind Sie Spanier?“, fragte Pedro ihn.

Der Mann schüttelte den Kopf.

„Jamaikaner“, antwortete er. „Ich hab nur mal einige Jahre auf Ibiza gelebt. Ist aber schon eine Weile her.“

Pedro verstand. „Ah, daher der Strandfußball!“

„Ja, vor allem in Montego Bay, meiner

SPORTS
B

Heimatstadt. In Ibiza weniger. Also, macht's gut, Jungs. Und vertragt euch!" Dann drehte er sich um und verabschiedete sich.

„Stopp mal!", rief Mehmet.

Der Mann blieb stehen.

Mehmet hielt sein Smartphone in die Höhe, auf dem ein Foto des Mannes zu sehen war. „Wie heißen Sie?"

„David Brown", antwortete der Mann und lächelte.

Mehmet guckte auf sein Smartphone, dann wieder auf den Mann und wieder auf sein Smartphone.

„Alter, der ist voll berühmt. Hier!" Er zeigte das Foto herum: „Ehemaliger Nationalspieler im Beachsoccer-Team von Jamaika!"

Ehrfurchtsvoll staunten die Haie David Brown an.

„Echt?", brachte Max gerade noch hervor.

„Das ist doch schon ewig her", beschwichtigte

Mister Brown. Dann streckte er den Jungs seine Hand entgegen. „Nennt mich David. Und wer seid ihr?"

Einer nach dem anderen stellte sich nun David vor.

Nur bei Zachi stutzte er. „Wie heißt du?"

„Tschachi!", wiederholte Zachi, aber natürlich verstand David Brown noch immer nicht.

„Zahnklammer!", erläuterte Mehmet knapp. „Wir nennen ihn alle Zachi."

Dann fasste Pedro sich ein Herz, um die Frage zu stellen, die ihm sofort auf der Zunge lag, als er hörte, wer dieser Mister Brown war: „In Berlin gibt's keinen Strand. Dann haben Sie vielleicht etwas freie Zeit?"

David Brown war verwundert über die Frage.

Pedro kam gleich zur Sache: „Wir ... äh ... suchen nämlich einen Trainer."

„ICH?" David Brown tippte sich gegen die Brust. „Wie kommst du denn darauf?"

„Bestimmt haben Sie viele Tricks drauf, mit denen wir noch stärker werden“, erläuterte Pedro.

Mehmet zog ihn beiseite. „Alter, wer soll den denn bezahlen? Ehemaliger Nationalspieler. Vergiss es!“

„Also, ich weiß nicht ...“, grübelte David Brown. „Zeit hätte ich im Moment ja schon ...“

Pedro riss seine Augen erwartungsvoll auf. „Ja ...?“

Doch Mehmet zog Pedro nervös am Shirt. „Alter, die Kohle ...!“

David Brown lachte. „Nein, nein. Um Geld geht es nicht ... äh ...Ahmed?“

„Mehmet!“

„Ah, Entschuldigung. Also, Mehmet. Ich muss mir das nur genau überlegen, wisst ihr? Wenn man zusagt, muss man auch ganz bei der Sache sein. Ich schlafe eine Nacht drüber, einverstanden? Und wenn ich morgen um zehn

Uhr bei euch auftauche, ist alles klar, dann mache ich den Coach für euch. Und wenn nicht, dann hab ich es mir anders überlegt, okay?"

Pedro schoss ein kleines Steinchen weg. „Okay, wenn Sie unbedingt drüber nachdenken müssen ..."

„Also, bis morgen!", verabschiedete sich David Brown nun endgültig.

Die Haie sahen im hinterher, immer noch verwundert über sein plötzliches Auftauchen.

Kaum war Mister Brown weg, fragte Pedro in die Runde: „Meint ihr, das klappt?"

Juan hatte wieder nichts verstanden.

„Morgen um zehn wissen wir es. Wow! Mann! Das wäre super!", fand Max.

Mehmet war immer noch nicht einverstanden, obwohl er es war, der alles über David Browns ehemalige Karriere als Nationalspieler herausgefunden hatte. „Alter, kannst du uns nicht erst fragen, ob wir den Opi überhaupt wollen?"

„Es war doch keine Zeit! Stell dir mal vor, wir würden von einem Ex-Nationalspieler trainiert. Da können die Knödel aber einpacken!"

„Nationalspieler im Beachsoccer", stellte Mehmet klar. „Die spielen barfuß. Willst du hier in Zukunft etwa auch barfuß spielen?"

„Pah!", sagte Pedro. „Der hat bestimmt einiges an Tricks drauf. Wart's nur ab." Dann wandte er sich an die anderen. „Wer will morgen mit mir hier warten, wenn sich entscheidet, ob David Brown uns trainiert?"

Die meisten meldeten sich, nur Mehmet blieb verärgert. „Straßenfußball und ein Trainer, das passt einfach nicht zusammen!"

„Na und? Was haben wir denn schon zu verlieren?", fragte Dimitri.

Alle bis auf Mehmet waren dafür, es mit David Brown zu versuchen.

„Vielleicht holen wir ihn einfach ab?", überlegte Dimitri.

„Scherzkeks!“, meckerte Tom. „Wir wissen doch gar nicht, wo er wohnt.“

Wie auf Stichwort rannte Tim plötzlich los.

„Hey!“, rief sein Bruder ihm hinterher. „Wo willst du denn hin?“

„Bin gleich wieder zurück!“, brüllte Tim. Und dann war er um die Ecke verschwunden. Er hatte denselben Weg genommen wie David Brown.

Die anderen zuckten nur mit den Schultern.

„Was ist, Leute? Die Knödel sind weg. Spielen wir noch 'ne Runde?“, fragte Max.

Das brauchte er nicht zweimal zu fragen. In Nullkommanix hatten sie wieder zwei Mannschaften gebildet und legten los.

Nach einer halben Stunde kehrte Tim zurück. Im Schlepptau hatte er einen Jungen, den zuvor noch nie jemand gesehen hatte. Er sah aus, als käme er gerade aus einem Schönheitssalon. Und er roch auch so. Ihn umgab eine Duftwolke, die Pedro stark an das Rasierwasser seines Vaters erinnerte. Jede Haarsträhne war ordentlich in Position gelegt, und über seinem T-Shirt trug er eine feine Anzugjacke.

„Darf ich vorstellen? Das ist Diego!" Tim zeigte auf den fremden Jungen, als sei er ein Fernsehmoderator, der einen Gast begrüßte. „Sein Vater arbeitet im Hotel in der Müllerstraße!"

„Aha", sagte Tom. „Und?"

„Da wohnt David Brown", erläuterte Tim. „Ich bin ihm nachgerannt, weil wir doch wissen wollten, wo er wohnt. Also: Er wohnt im Hotel. Und Diego hab ich am Hoteleingang kennengelernt und ihn zu Mister Brown befragt."

Jetzt übernahm Diego das Wort. „Tim behauptet, dass Tatty euch vielleicht trainieren will?" Er musterte die Fußball-Haie über den Rand seiner Brille hinweg.

„Wer?", hakte Pedro nach.

„Tatty", wiederholte Diego. „Das ist sein Spitzname in Jamaika."

„Ach, echt?“, fragte Mehmet. „Das kommt von Tattergreis, oder wie?“

Mehmet fing sich einige böse Blicke ein und verstummte.

„Dann habt ihr bald auch Sandschalen zu Hause stehen“, grinste Diego.

„Hä? Wovon redest du?, fragte Dimitri.

„Mein Vater musste Tatty mehrere Schalen Sand ins Zimmer bringen lassen“, erklärte Diego.

„Und warum?“, fragte Uhuru.

„Keine Ahnung.“ Diego zuckte mit den Schultern. „Ist ein Geheimnis, hat Tatty gesagt. Aber es hat irgendwas mit Training zu tun.“

„Na super, Leute. Dann bauen wir beim nächsten Training Sandburgen!“, unkte Mehmet. „Herzlichen Glückwunsch!“

„Nun warte doch erst mal ab!“, beschwichtigte Pedro.

Die Jungs vereinbarten, am nächsten Morgen gemeinsam zum Hotel zu gehen und Tatty Brown dort abzufangen. Für den Fall, dass er sich gegen das Training entschieden hatte, konnten sie ihn vielleicht noch umstimmen. Nur Dimitri und Tom sollten zur Sicherheit auf dem Sparri bleiben. Diego erklärte sich bereit, Mehmet per SMS zu informieren, sobald Tatty das Hotel verließ.

So verabschiedeten sich alle bis zum nächsten Tag.

Kapitel 4

VERTRAUENSSACHEN

„Während wir hier die Zeit vertrödeln, könnten wir genauso gut spielen!“, moserte Mehmet, als sie sich schon um halb zehn am Hotelausgang versammelten. Pedro sah nervös auf seine Uhr. „Ob er überhaupt noch im Hotel ist?“

„Von Tom oder Dimitri ist noch nichts zu sehen, also warten die auch noch auf ihn“, sagte Tim.

In diesem Moment trat Diego vor die Tür des Hotels.

„Und?“, fragte Pedro.

Diego hatte nichts von Tatty gesehen oder gehört. Aber er versicherte, die vergangene halbe Stunde die Hoteltür nicht aus den Augen gelassen zu haben.

„Ich könnte ja mal meinen Vater fragen“, schlug er vor.

„Darauf kommst du erst jetzt? Ich komm mit.“ Hastig schob Pedro Diego durch die Eingangstür des Hotels.

Diegos Vater stand an der Rezeption und sah seinen Sohn unfreundlich an. Offenbar mochte er es nicht, bei der Arbeit gestört zu werden.

Doch Diego ging darüber hinweg. Dies hier war einfach zu wichtig.

„Das ist Pedro, mein neuer Freund!“, stellte er Pedro vor und schubste ihn dabei näher an die Theke.

Pedro reagierte etwas unsicher. Sie kannten sich ja erst seit einem Tag. Pedro wusste nicht mal, ob Diego Fußball spielte. Und warum unterstützte er die Fußball-Haie überhaupt?

Schnell erzählte Diego seinem Vater, worum es ging. Dessen Miene verfinsterte sich nun noch mehr.

Er sprach spanisch mit seinem Sohn, wovon Pedro kaum etwas verstand. Aber sein Ton machte deutlich, dass Diego soeben einen Anschiss von seinem Vater bekam.

Diego faltete die Hände ineinander und redete plötzlich auf seinen Vater ein, als hätte der soeben in der letzten Minute eines Finales einen Elfmeter gegen ihn gepfiffen.

Anders als Proteste beim Schiedsrichter, führte Diegos Bettelei aber zum Erfolg. Sein Vater seufzte und sagte auf Deutsch. „Also gut, ich schaue mal nach."

Er tippte etwas in den Computer und fuhr mit dem Mauszeiger über den Monitor. Schließlich stellte er fest: „David Brown hat schon heute morgen um 8 Uhr ausgecheckt und ein Taxi zum Flughafen bestellt."

Die Worte trafen Pedro wie ein Schlag aufs Kinn. Er hatte das Gefühl zu taumeln und musste sich sogar kurz am Tresen festhalten.

„Was?“, stammelte er. „Das ... das kann doch nicht sein!“

Diegos Vater hob bedauernd die Schultern.

Mit hängenden Köpfen verließen Pedro und Diego das Hotel. Jeder konnte erkennen, dass sie keine guten Nachrichten hatten.

„Hab ich doch gleich gewusst“, sagte Mehmet. „Der hat Besseres zu tun, als ausgerechnet uns zu trainieren. Also, gehen wir zum Sparri und spielen?“

Er war der Einzige, den die Nachricht nicht traurig stimmte.

„Wir finden bestimmt einen anderen Trainer!“, versuchte Tim zu trösten.

„Wieso hat Tatty nicht gleich gesagt, dass er uns nicht trainieren kann, weil er wieder wegreist?“, fragte Max.

Pedro ließ die Mundwinkel nach unten hängen. Sie konnten nichts machen.

„Wir finden doch nie einen, der uns trainieren

will!“, sagte er, als er mit den anderen zusammen zum Sparri zurückging, um Tom und Dimitri zu informieren und ein wenig zu kicken.

Plötzlich bemerkte er, dass Diego die ganze Zeit neben ihm herlief. Pedro sah ihn fragend an.

„Hey, was ist los?“, sagte Diego. „Ich hab euch schließlich geholfen, einen Trainer zu finden, da kann ich doch wohl bei euch mitspielen.“

Alle Haie blieben stehen und schauten sich untereinander an.

„Wir haben doch gar keinen Trainer gefunden“, stellte Mehmet klar.

„Aber geholfen habe ich euch trotzdem“, beharrte Diego.

Dagegen konnte niemand etwas sagen.

Unschlüssig waren sie trotzdem. Waren sie nicht schon genug bei den Haien? Was sie suchten, war ein Trainer, keine weiteren Spieler.

„Kannst du überhaupt spielen?“, fragte Max.

„Klar!“, behauptete Diego. „Und außerdem

bin ich der Einzige, der Juan versteht. Denn wir kommen aus Argentinien. Ich spreche spanisch, wie Juan."

„Und wieso so gut deutsch?", fragte Tim nach.

„Vielleicht bin ich einfach schlauer als Juan!", antwortete Diego lachend. „Also, was ist? Gehen wir kicken? Dann zeige ich euch, was ich draufhabe!"

Die Haie schauten sich nochmals gegenseitig in die Augen. Dann stimmten sie zu.

Sie dribbelten zwischen Bäumen, parkenden Autos und an meckernden Passanten vorbei zum Sparri. Dabei plauderten Juan und Diego auf Spanisch. Erst als ein Autofahrer abrupt stoppte und schimpfend das Fenster öffnete, bemerkte Juan, dass er Diego seine Kunststückchen besser auf dem Gehweg statt auf der Straße zeigen sollte.

Schon von weitem sah Pedro, dass die Knödel auf dem Platz waren.

B DD 113

Auch das noch!, dachte er. An diesem Tag blieb ihm aber auch nichts erspart.

Mit Mister Brown würde es bestimmt anders laufen. So, wie er den Streit mit den Knödeln und Juan geschlichtet hatte, würde er bestimmt auch eine gute Regelung für die Platznutzung finden.

Fürs Erste blieb ihnen aber nichts anderes übrig als – wie immer, wenn die Knödel den Platz besetzten – am Rand des Parks zu spielen. Dort trainierten sie auf engstem Raum ihre Spezialität, das Kurzpass-Spiel.

Max erklärte Diego, weshalb sie jetzt neben dem Platz spielten. Diego übersetzte es für Juan. Und dann begann das Spiel.

Pedro verhedderte sich gleich zu Beginn in Juans Umhängetasche, die er scheinbar nie ablegte, spielte aber weiter, ohne deswegen zu meckern. Er wollte jetzt auf keinen Fall ein falsches Wort riskieren. Wenig später knallte die Tasche gegen Toms Knie.

„Autsch! So wird das nichts! Deine Tasche nervt echt!“, schimpfte er und rieb sich sein Bein.

Juan sah hilfesuchend zu Diego, der gleich übersetzte und den anderen Juans Antwort mitteilte: „Er fragt, ob wir ihm helfen, auf seine Tasche aufzupassen, wenn er sie hier hinlegt?“

„Ja, klar!“, sagte Tom.

„Logisch!“, rief Tim. Und auch die anderen nickten.

„Wieso lässt er die Tasche nicht einfach zu Hause. Haben die keine Türen zum Abschließen?“, fragte Uhuru.

„Keine Ahnung“, gestand Diego, hatte aber auch keine Lust, das jetzt mit Juan zu erörtern.

„Sag ihm, nur unter einer Bedingung“, ergänzte Dimitri.

Juan stutze, als Diego übersetzte.

„Darf ich dein komplettes Sammelalbum mal sehen?“, fragte Dimitri. Er selbst war ebenfalls ein leidenschaftlicher Sammler. Noch nie hatte er allerdings ein Album voll bekommen. Und eines vom FC Barcelona hatte er sowieso noch nie gesehen. Er wusste nicht einmal, dass es im ‚Dönerhimmel' die Bildchen dafür gab. Das hätte ihm Mehmet ja auch ruhig mal sagen können!

Juan lächelte Dimitri an.

Und Diego übersetzte wieder: „Willst du das Album von Barcelona oder von Real Madrid sehen, fragt er."

Dimitri stand vor Staunen der Mund offen.

Auch die anderen glaubten, sich verhört zu haben.

„Du hast beide?", fragte Mehmet.

„Si!", sagte Juan und strich liebevoll über seine Tasche.

„Alter, was bist du denn für ein Spanier? Das ist so, als ob hier einer die Bilder von Köln UND Düsseldorf, oder von Schalke UND Dortmund sammeln würde! So etwas gibt es doch auf der ganzen Welt nicht!"

Juan schien das erstaunlicherweise verstanden zu haben und sagte Diego etwas auf Spanisch.

Der musste lachen, bevor er übersetzte: „Er sagt, er ist nicht Fan von einem Verein, sondern von gutem Fußball!“

„Na, dann bischt du bei unsch genau richtig!“, rief Zachi.

„Qué?“, fragte Juan.

„Lass nur!“, grinste Mehmet. „Zachi verstehen wir auch nie!“

Juan legte seine Tasche andächtig an den Rand des abgesteckten Bereichs.

Pedro fiel ein Stein vom Herzen. Juan vertraute den Fußball-Haien, aber noch viel wichtiger war: Juan vertraute auch ihm wieder.

Diego hatte einige Mühe, sich in das schnelle Kurzpass-Spiel der Fußball-Haie einzufinden. Das kleine Areal, das sie sich als Feld abgesteckt hatten, ließ die ausladenden

Dribblings nicht zu, die er auf dem Weg vom Hotel zum Platz gezeigt hatte.

„Blitzschnell umschalten! Präzise passen! Bei Ballverlust Pressing! Okay?“, rief Pedro ihm zu.

Diego nickte.

Genau für so etwas bräuchten sie einen Trainer, dachte Pedro. Und plötzlich hatte er eine Idee.

„Eine Kleinanzeige! Das ist es, Leute!“, brüllte Pedro mitten ins Spiel hinein.

Alle stoppten.

„Wasch?“, fragte Zachi.

Pedro erklärte schnell seine Idee, eine Kleinanzeige aufzugeben, um damit nach einem Trainer zu suchen.

Mehmet zeigte Pedro sofort einen Vogel. „Alter, dann lesen die Knödel das und machen sich über uns lustig!“

„Schüffre!“, warf Zachi ein.

„Was?“, fragte Mehmet.

„Schüffre!“, wiederholte Zachi.

„Versteht ihr, was er will?“, fragte Mehmet in die Runde.

„Ich hab nur Schiff verstanden“, gestand Dimitri. Aber was hatte ein Schiff mit einem Trainer zu tun?

„SCHÜFF-RE!“, brüllte Zachi, womit es aber auch nicht deutlicher wurde.

Zachi schrieb das Wort, das er meinte, nun mit dem Finger in den Sand: *Chiffre.*

Niemand hatte dieses seltsame Wort je gesehen.

Außer Diego. „Das kenne ich vom Hotel! Schiffre spricht man es aus und ...“

„Schag ich doch!“, behauptete Zachi.

„... und es bedeutet so etwas wie Code, eine Art Geheimzahl. Damit bleibt der, der die Anzeige aufgegeben hat, unerkannt. Interessenten schreiben direkt an die Zeitung und geben die Chiffre-Nummer an. Die leitet das an den

Besitzer der Nummer weiter. So werden uns die Knödel garantiert nicht erkennen!"

„Super!", freute sich Pedro. „Wir schreiben einfach bloß: Trainer für Spitzen-Jugendmannschaft gesucht. Fertig."

„Schuper!", fand auch Zachi.

Nur Mehmet war nach wie vor dagegen: „Und wer soll die Anzeige bezahlen?"

„Wir können sie im Hotel aufhängen. Im Hotel sind oft Trainer zu Gast. Für Lehrgänge und so", sagte Diego.

„Und im ‚Dönerhimmel' gibt es auch ein Schwarzes Brett", wusste Max.

Mehmet verzog das Gesicht.

„Abgemacht!", rief Pedro. „Los, Diego, wir machen das jetzt gleich bei euch im Hotel."

„Jetzt? Wir spielen doch!", sagte Mehmet.

Aber das konnten die anderen auch gut eine Zeitlang mit zwei Mann weniger.

Pedro und Diego rannten los ins Hotel.

Kapitel 5

TRAINER GEFUNDEN?

Pedro und Diego stießen hastig die Glastür des Hotels auf. Dabei schlugen sie versehentlich einem Gast den Koffer aus der Hand.

Der Mann, dem die grauen Haare bis fast auf die Schulter fielen, drehte sich um und blaffte sie an: „Sagt mal, geht's noch?"

„Tschuldigung!", stammelte Pedro, während Diego sich bückte, um dem Mann in dem dunklen Anzug den Koffer aufzuheben. „Wir haben's nur eilig, wissen Sie? Wir brauchen einen Trainer!"

„Einen was?" Der Mann lachte laut los und kriegte sich kaum wieder ein. „Das ist ja ein Ding!"

Was soll denn daran so witzig sein?, fragte sich Pedro ärgerlich.

„Ihr rennt *mich* um, weil ihr einen Trainer sucht. Das ist wirklich einmalig!“, sagte der Mann, nahm seinen Koffer und schlenderte – immer noch lachend – zur Rezeption.

Diego und Pedro blieben wie angewurzelt stehen.

„Was ist denn mit dem los?“, fragte Pedro leise.

Diego hatte auch keine Ahnung.

Von hinten kam ein weiterer Mann durch die Tür, den die beiden zuerst gar nicht sahen. Er ging achtlos an den Jungs vorbei direkt auf den Grauhaarigen an der Rezeption zu und stellte sich neben ihn.

Pedro dachte, er träumt. Aufgeregt stieß er Diego in die Seite. „Das gibt es doch nicht!“

Auch Diego konnte kaum glauben, was er sah.

„Mister Brown!“, rief er.

David Brown drehte sich um und nahm erst jetzt die beiden Jungs wahr.

„Nanu? Was macht ihr denn hier?“

„Du kennst die Knirpse?“, fragte der Grauhaarige. „Stell dir vor ...“ Und dann erzählte er ihm, was gerade eben passiert war.

David Brown hörte sich die Geschichte an – und lachte ebenfalls!

Was war denn nur mit denen los?, fragte sich Pedro.

„Wisst ihr etwa nicht, wer das ist?“, sagte David Brown und zeigte auf den Mann.

Pedro hatte zwar plötzlich das Gefühl, ihn irgendwo schon mal gesehen zu haben. Aber er wusste nicht, wo.

Diego sagte das Gesicht auch nichts.

„Das ist Winfried Schäfer!“, rief Mister Brown. Und als er merkte, dass der Name den Jungs rein gar nichts sagte, fügte er hinzu: „Früher mal Bundesliga-Trainer vom Karlsruher SC und dem VfB Stuttgart. Später Nationaltrainer von Kamerun und Thailand, um nur einige

Stationen aufzuzählen, und seit kurzem ist er Nationaltrainer von ..."

Er legte eine kleine Kunstpause ein, um die Spannung zu erhöhen: „Jamaika! Deshalb habe ich ihn vom Flughafen abgeholt. Ich muss einiges mit ihm besprechen. Denn ich habe junge Talente für ihn beobachtet!"

„Da...da...da...", stotterte Pedro. Er musste erst mal verdauen, einem echten Nationaltrainer und dessen Spielerbeobachter gegenüberzustehen. Kein Wunder, dass der Mann so lachte, als sie ihm sagten, sie würden einen Trainer suchen! „Dann sind Sie also gar nicht weggeflogen?"

„Sehe ich etwa aus wie ein Vogel?", sagte Mister Brown lachend.

„Wow!", hauchte Pedro.

Und Diego grapschte sofort einen Zettel und einen Stift vom Rezeptionstresen. Wenn er Juan und Dimitri jeweils ein Autogramm mitbrachte, hätte er bei den beiden sicher lange etwas gut.

„Und Sie verschwinden auch nicht gleich wieder?“, fragte Pedro.

„Nein, nein! Ich bleibe in Berlin. In der 2. und 3. Liga spielen ein paar gute Talente aus Jamaika. Die muss ich im Auge behalten. Aber was macht ihr denn hier? Ich hatte doch gesagt, dass ...“

Pedro unterbrach Mister Brown.

„Wir sind bestimmt keine einfache Truppe, und jeder hat so seine Macken, aber wir haben auch richtig viele Qualitäten. Jeder von uns ist was Besonderes. Uhuru kann super dribbeln, Diego viele Kunststücke, Max ist unser Schnellster – in unserem Team steckt was, versprochen!“, redete Pedro auf Mister Brown ein. „Stimmt's Diego? Sag doch auch mal was!“

„Ja! Wir sind wirklich nicht schlecht!“, bestätigte er. „Versuchen Sie es doch einfach mal mit uns!“

„Die suchen wirklich einen Trainer“, sagte

Winnie Schäfer lächelnd. „Und sie wollen ausgerechnet dich?"

„Ja", antwortete Tatty Brown. „Stell dir vor! Aber ich habe doch wirklich keine Zeit für so etwas."

„Stimmt doch gar nicht", sagte Winnie Schäfer grinsend.

Tatty Brown starrte ihn an.

Pedro und Diego strahlten. „Wirklich? Sie hätten also Zeit für uns?"

„Öh ...", machte Tatty Brown.

„Wer seid ihr denn überhaupt?", fragte Winnie Schäfer.

„Die Fußball-Haie!", erklärte Pedro und erzählte ihm schnell ihre Geschichte.

Pedro erkannte, wie Winnie Schäfer Tatty Brown schmunzelnd zunickte.

„Okay", sagte Tatty Brown. „Ich komme morgen Mittag zu euch auf den Sparri, und dann schauen wir mal, ob wir zusammenpassen. Einverstanden?"

„Jipppieh, Yeah!!!“, jubelten Diego und Pedro.

* * *

Am nächsten Tag war es so weit.

Als Tatty Brown auf den Sparri kam, standen die Haie schon alle gespannt bereit. Sogar Uhuru war pünktlich gewesen.

„Ich trainiere euch jetzt für eine Stunde. Danach entscheiden wir uns, ob wir zusammen weitermachen. Einverstanden?“

Bereitwillig warteten alle auf die ersten Ansagen.

Tatty Brown verteilte an jeden zwei Jonglierbälle und legte einen ganzen Haufen Augenklappen am Torpfosten ab.

Pedro sah nur zweifelnde Gesichter. Schon wieder Kinderspiele?

„Werft einfach die beiden Bälle senkrecht nach oben, dann kreuzt die Hände und fangt die Bälle mit der jeweils anderen Hand wieder auf.“

„Pah! Das ist doch babyleicht!“, fand Mehmet.

„Nicht reden, machen!“, sagte Tatty Brown nur.

Schnell merkten alle, auch Mehmet, dass sich diese Übung zwar einfach anhörte, aber erst nach einigen Fehlversuchen klappte.

Pedro überlegte, wozu diese Übung wohl gut sein sollte. Aber er war sich sicher, dass sich Mister Brown etwas dabei gedacht hatte, auch als er sie anwies, sich die Bälle nun gegenseitig zuzuwerfen.

Aber es kam noch schlimmer. Plötzlich sollte der jeweilige Werfer eine Gemüse- oder Obstsorte ansagen, wie auf dem Wochenmarkt. Sagte er ein Gemüse, dann musste man mit links fangen, wenn statt Gemüse Obst angesagt wurde, dann musste man mit rechts fangen.

Bei allen klappte das erstaunlich gut, außer bei Dimitri und Mehmet.

„Was ist denn mit euch los?“, fragte Tatty Brown. „Warum macht ihr nicht weiter?“

„Gurken sind Obst, also rechts!“, behauptete Dimitri.

„Alter, spinnst du? Ich muss das wissen. Warst du schon mal auf dem Großmarkt, oder ich? Gurken sind Gemüse, also bedeutet Gurke links!“

Auch die anderen bekamen das mit.

„Bei den beiden gibtsch Obschtschalat!“, lästerte Zachi. „Dabei schind schie schelbscht voll die Gurken!“

Alle lachten, verloren dabei aber ihre Bälle.

„Das genügt! Jetzt setzt euch die Klappe alle auf das linke Auge!“, sagte Tatty Brown und verteilte die Augenklappen.

Dimitris Totenkopf-Shirt passte natürlich perfekt zu diesem Piraten-Look.

„Warum nicht gleich mit Augenbinde?“, fragte Mehmet, dessen Narbe auf der Wange in dieser Aufmachung wirkte, als habe er sie sich beim Kapern eines Schiffes zugezogen.

„Dann spielen wir nach Gehör!“, ergänzte Dimitri.

„Gute Idee!“, sagte Tatty. „Das machen wir auch noch! Aber jetzt erst mal einäugig. Merkt ihr, dass das räumliche Sehvermögen sich verändert?“

Mit dieser ungewohnten Sicht absolvierten die Haie nun verschiedene Dribbelübungen durch einen Parcours.

Pedro war erleichtert, als er die Augenklappe endlich wieder ablegen durfte.

„Das war unser Probetraining, Jungs!“, sagte Mister Brown und packte die Jonglierbälle und Augenklappen wieder in seinen Rucksack.

Die Jungs sahen sich ungläubig an. Keiner hatte richtig zeigen können, was er mit dem Ball draufhatte. Stattdessen mussten sie lauter merkwürdige Übungen machen.

„Das war doch kein Fußballtraining“, protestierte Tom.

Alle nickten zustimmend.

„Da lachen sich unsere Gegner doch kaputt, wenn wir auf dem Platz plötzlich Obstsorten rufen!“, schimpfte Dimitri.

„Das sollst du doch gar nicht, du Matschbirne“, ging Max dazwischen. „Mann, das sind Koordinationsübungen. Das macht man im modernen Training!“

„Ach ja, du Schlaukopf?“, schimpfte Mehmet. „Woher weißt du das denn?“

„Stimmt doch, oder?“, suchte Max schnell nach Verbündeten.

Die Stimmung unter den Jungs brodelte.

„So trainieren sogar Profis!“, behauptete Pedro schnell.

„Jetzt seid ihr dran, Jungs“, sagte Tatty Brown nur. „Ich bin solange im ‚Dönerhimmel‘. Dort kann mir dann ja einer von euch eure Entscheidung mitteilen.“

Mit diesen Worten ging er vom Platz.

Es dauerte eine ganze Weile bis jeder seine Meinung gesagt hatte.

Pedro, Diego und Uhuru hatten die Vorteile von neuen Trainingsmethoden hervorgehoben. Juan, Max, Tim und Zachi hofften, dass Mister Brown auch normale Trainingsübungen draufhatte und sie mit ihm interessante Spielzüge lernen könnten. Dimitri wollte zwar auch unbedingt einen Trainer, zweifelte aber an Mister Browns Fähigkeiten. Auch Tom und Mehmet blieben bis zum Schluss skeptisch.

„Also, ich bin dafür!", fasste Uhuru die Debatte zusammen.

Und dann hoben alle, einer nach dem anderen, ihre Hände.

Sie waren sich einig. Auch Mehmet, Tom und Dimitri wollten es mit Mister Brown versuchen.

„Ab in den ‚Dönerhimmel'!", freute sich Pedro.

Stolz verkündete er Tatty Brown ihr Abstimmungsergebnis.

„Schön, dann starten wir morgen“, sagte ihr neuer Trainer. „Und ab sofort nennt ihr mich nur noch Tatty, okay?“

„Okay!“, riefen alle wie aus einem Mund.

Und schon stand, wie immer bei feierlichen Momenten, Mehmets Vater mit einigen Flaschen in der Hand da.

„O nein!“, stöhnte Mehmet lachend, weil er sich in Wahrheit freute. „Nicht schon wieder ...“

„APFELSCHORLE!“, riefen die Fußball-Haie.

„Prost, Jungs!“, sagte Mehmets Vater. „Auf das erste Profitraining!“

Alle stießen an.

„Ach, fast hätte ich's vergessen“, sagte Tatty Brown. „Während ich hier auf euch gewartet habe, habe ich die Zeit genutzt und ...“

„... und?“, fragte Pedro. Dass Tatty Brown aber auch immer alles so spannend machen musste!

„Ich hab euch ein richtiges Spiel organisiert. Gegen die Jungs vom Savigny-Platz.“

„Yeah!“, brüllten alle. Sie wussten: Um gegen die zu bestehen, stand ihnen ein hartes Training bevor. Aber das machte nichts. Denn jetzt hatten sie ja einen echten Profitrainer.

Die nächsten Aufgaben konnten kommen!

LESERÄTSEL

1. Welche Sprache spricht Juan, der neue Fußball-Hai?

   P: Brasilianisch

   H: Spanisch

2. Und was trägt er immer in seiner Umhängetasche bei sich?

   O: Fußball-Sammelalben

   I: Fußballschuhe

3. Aus welchem Land stammt Trainer David Brown?

   T: Jamaika

   R: Spanien

4. Wo liegt das Hotel, in dem Diegos Vater arbeitet?

   J: Lewandowski-Platz

   E: Müllerstraße

5. Was benutzt David Brown für sein Training?

   B: Enterhaken

   L: Augenklappen

Lösungswort:

1	2	3	4	5

Lösungswort: Hotel

WIE WÜRDEST DU ENTSCHEIDEN?

Hier sind zwei Fragen zum Nachdenken für dich!

1. Glaubst du, dass eine Mannschaft auch ohne Trainer gut spielen kann?

2. Welchen Bundesliga-Trainer würdest du dir aussuchen, um deine Mannschaft zu trainieren?

DAS KLEINE FUSSBALL-LEXIKON

Beachsoccer: Beim Beachsoccer oder Strandfußball spielen zwei Teams zu je fünf Spielern am Strand gegeneinander. Diese Variante des Fußballs entstand schon im 19. Jahrhundert in Brasilien und wurde angeblich zum ersten Mal von Seeleuten gespielt, die auf Landgang waren. Mittlerweile gibt es sogar eigene Profiligen und Weltmeisterschaften im Beachsoccer.

Coach: Ein anderes Wort für Trainer

Tiki-Taka: So nennt man das vor allem vom FC Barcelona und der spanischen Nationalmannschaft praktizierte schnelle Kurzpass-Spiel, das sich durch einen hohen

Ballbesitz der angreifenden Mannschaft auszeichnet. Die gesamte Mannschaft befindet sich dabei in ständiger Bewegung und lässt den Ball durch ihre Reihen laufen – bis sich die entscheidende Lücke beim Gegner auftut und die Chance zum Torabschluss entsteht.

Volley: Beim Volleyschuss wird der Ball direkt aus der Luft gepasst oder geschossen, ohne dass er vorher den Boden berührt.

WANN GIBT ES GELB, WANN SIEHT EIN SPIELER ROT?

Rote Karte, Gelbe Karte – eine kurze Übersicht

Wenn ein Spieler gegen die Regeln verstößt, kann der Schiedsrichter ihm die Gelbe Karte oder sogar die Rote Karte zeigen.

Eine Gelbe Karte ist zunächst nur eine Verwarnung. Bekommt ein Spieler aber die Rote Karte gezeigt, muss er das Spielfeld verlassen und ist für das restliche Spiel gesperrt.

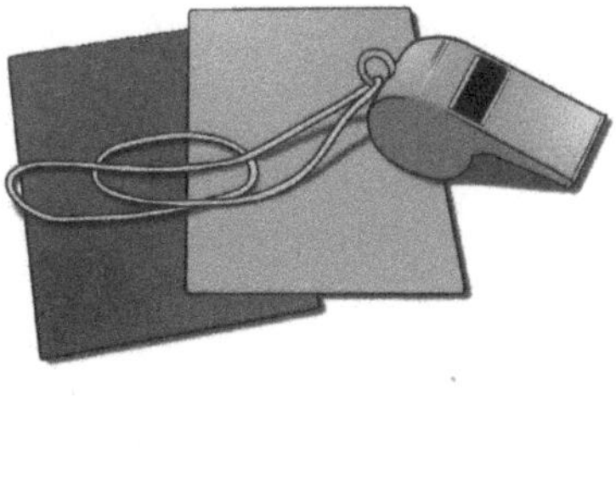

GELBE KARTE

Ein Spieler erhält eine Gelbe Karte, also eine Verwarnung, wenn er:

- sich unsportlich benimmt, z.B., wenn er eine Verletzung vortäuscht (Simulieren) oder ein Foul (Schwalbe)
- die Fortsetzung des Spiels verzögert, z.B., indem er trödelt
- sich beim Schiedsrichter beschwert
- wiederholt gegen die Spielregeln verstößt
- die festgelegten Abstände bei Einwürfen, Eckbällen und Freistößen nicht einhält
- das Spielfeld ohne Erlaubnis des Schiedsrichters betritt oder verlässt
- übertrieben über ein Tor jubelt, z.B. das Trikot auszieht oder auf den Zaun klettert

ROTE KARTE

Ein Spieler erhält eine Rote Karte, also einen Platzverweis, wenn er:

- grob foult
- eine Tätlichkeit begeht (z.B. jemanden angreift oder schlägt)
- eine andere Person anspuckt
- eine klare Torchance durch absichtliches Handspiel vereitelt
- eine klare Torchance unterbindet, ohne Kontakt zum Ball zu haben, also z.B. durch Halten, Ziehen oder Stoßen eines gegnerischen Spielers
- andere beleidigt oder abfällige Gesten ausführt
- zum zweiten Mal im selben Spiel verwarnt wird.

Der Schiedsrichter entscheidet, in welche Kategorie der Verstoß des Spielers fällt und welche Karte er zur Strafe zückt. Dabei versucht er natürlich, so fair wie nur möglich zu sein.

STELLE DEINE TRAUMMANNSCHAFT AUF!

Stelle eine Mannschaft mit den besten Spielern aus der Bundesliga auf und trage ihre Namen und Rückennummern auf der rechten Seite ein.

Trenne danach die Seite vorsichtig heraus. Jetzt kannst du sie sammeln und in dein persönliches Fußball-Album kleben, sie verschenken oder in deinem Zimmer aufhängen!

MEINE TRAUMMANNSCHAFT

Name

Trainer

Sturm

Mittelfeld

Abwehr

Tor

Die Fußball-Haie

Fußball-Haie: Spieler gesucht!

Fußball-Haie: Das große Turnier

Fußball-Haie: Ein Team startet durch

Fußball-Haie: Kampf um den Bolzplatz

Fußball-Haie: Spiel mit Biss

Fußball-Haie: Duell im Fußballcamp

jedes Buch ein Treffer!

Fußball-Haie: Torwart vermisst!

Fußball-Haie: Böses Foulspiel

Fußball-Haie: In der Abseitsfalle

Fußball-Haie: Freundschaft oder Sieg

Aus Verantwortung für die Umwelt hat sich der Fischer Kinder- und Jugendbuch Verlag zu einer nachhaltigen Buchproduktion verpflichtet. Der bewusste Umgang mit unseren Ressourcen, der Schutz unseres Klimas und der Natur gehören zu unseren obersten Unternehmenszielen.

Gemeinsam mit unseren Partnern und Lieferanten setzen wir uns für eine klimaneutrale Buchproduktion ein, die den Erwerb von Klimazertifikaten zur Kompensation des CO_2-Ausstoßes einschließt.

Weitere Informationen finden Sie unter: www.klimaneutralerverlag.de